花开花落

中国首个文学之乡农人文苑诗集

王敏茜　冯进珍 —— 著

黄河出版传媒集团

阳光出版社

图书在版编目（CIP）数据

花开花落 / 王敏茜，冯进珍著. -- 银川：阳光出版社，2023.12
（中国首个文学之乡农人文苑诗集）
ISBN 978-7-5525-7145-5

Ⅰ.①花… Ⅱ.①王… ②冯… Ⅲ.①诗集－中国－当代 Ⅳ.①I227

中国国家版本馆CIP数据核字(2023)第243303号

花开花落

王敏茜　冯进珍　著

责任编辑　赵　倩　申　佳
封面设计　晨　皓
责任印制　岳建宁

黄河出版传媒集团
阳 光 出 版 社　出版发行

出 版 人　薛文斌
地　　址　宁夏银川市北京东路139号出版大厦（750001）
网　　址　http://www.ygchbs.com
网上书店　http://shop129132959.taobao.com
电子信箱　yangguangchubanshe@163.com
邮购电话　0951-5047283
经　　销　全国新华书店
印刷装订　宁夏凤鸣彩印广告有限公司
印刷委托书号　（宁）0027950

开　　本　880 mm×1230 mm　1/32
印　　张　6.75
字　　数　120千字
版　　次　2023年12月第1版
印　　次　2024年1月第1次印刷
书　　号　ISBN 978-7-5525-7145-5
定　　价　48.00元

文学之乡，用写作赞美岁月和大地

郭文斌

中国作协主席铁凝说："文学不仅是西吉这块土地上生长最好的庄稼，西吉也应该是中国文学最宝贵的一个粮仓。"铁凝主席讲的这个西吉，就是生我养我的故乡。它位于宁夏南部山区，曾经是"苦甲天下"的地方，近年来却以"文学之乡"闻名天下。

文学之于西吉人，就像五谷和土豆，不可或缺。

成百上千的泥腿子作家，白天在田里播种，晚上在灯下耕耘。

"耐得住寂寞，头顶纯净天空，就有诗句涌现在脑海；守得住清贫，脚踏厚重大地，就有情感激荡在心底。在这里，文学之花处处盛开，芬芳灿烂；在这里，文学是最好的庄稼。"2011 年 10 月 10 日，中国首个"文学之乡"落户西吉。中国作家协会、中华文学基金会的授牌词这样赞美西吉。

2016 年 5 月 13 日，中国作协"文学照亮生活"全民公益大讲堂在西吉启动。中国作协主席铁凝开讲第一课。课后，她去看望几位农民作家，当她听到他们以文字为嘉禾、视文学为生命的讲述后，我看到她的眼里含着泪水。

2021 年 12 月 22 日，在中国首个"文学之乡"命名 10 周年系列活动中，西吉文学馆开馆，成为将台堡红军会师纪念碑之后，西吉最有吸引力的文化地标，也成为涵养西吉人文精神的一眼清泉。从中，人们看到西吉全县有 1300 余人长期从事文学创作，他们中有中国作协会员 21人、宁夏作协会员 70 余人。西吉籍作家先后获得茅盾文学奖提名、鲁迅文学奖、全国少数民族文学创作骏马奖、"五个一工程"奖等国家级文学大奖 6 次，获得人民文学奖、冰心散文奖、春天文学奖等全国性文学大奖近 40 次，省市级文学奖项近 50 次。据不完全统计，目前西吉籍作家、诗人已有 60 余人出版了个人专著，100 余人次作品选入全国性作品集。

2023 年 5 月 8 日，中国作协党组书记、副主席、书记处书记张宏森率中国作协调研组来宁夏，到西吉看望农民作家，视察文学馆，同样对西吉文学给予高度评价，寄予殷切希望。

西吉之所以能够成为全国第一个"文学之乡"，之所以涌现出这么多作家诗人，缘于宁夏党委、政府和有关部门重视文学的大气候，缘于西吉县独特的文化土壤和传统，缘于前辈们的热心哺育和尽心培养，缘于写作者互相欣赏、互相激励、抱团取暖的文学风气，缘于《六盘山》《朔方》《黄河文学》等报刊的有力引导，更缘于历届县委、县政府和有关部门一以贯之的扶持。西吉县文联的办公条件、人员编制、办刊经费，在全国县级文联中都是少见的。西吉县的父母官们大多崇尚文学、热爱文艺、疼爱作家、关心诗人。他们多次参加文学活动，鼓励大家创作；多次到困难作家家中走访，帮助他们解决创作困难。

在中国首个"文学之乡"命名10周年系列活动中，县委主要领导在座谈会上对文学经典倒背如流，这对作家们的激励是可以想见的。特别值得一提的是，在这次活动中，县委、县政府除了给西吉籍成名作家授牌，还对全县在校高中生中的文学苗子给予表彰奖励，开河续流，击鼓传花，用心良苦。这次活动之后，县委、县政府出台了许多推动文艺繁荣的措施，比如文学古迹保护、文学作品集成等。让我爱不释手的《中国首个文学之乡农人文苑诗集》（五册）就是其中之一。

文学馆开馆之后，每年夏天，县上都要在"红军寨"举办"文学之乡"夏令营。县委分管领导每年都要作开营讲话，还让主办单位画了一张中国地图，把营员的省份标出来。我们欣喜地看到，除了港澳台和西藏，其余省份都有营员参加过夏令营。在2022年的夏令营开幕式上，当我把铁凝主席签赠给西吉文学馆的两部著作交给县上领导，讲述了中国作协对西吉文学的厚爱时，台下响起经久不息的掌声。

良种生沃土，幼苗逢甘霖。

培养成气候，激励成气象。

在此，单说农民作家和诗人。

之前，农民作家的合集《就恋这把土》读得我鼻子一阵阵发酸。最近，以农民诗人为重头戏的五卷本《中国首个文学之乡农人文苑诗集》（五册）更是让我泪湿衣襟。如饥似渴地读着24位农民诗人的作品，让我对生我养我的这片土地爱得更加深沉。我仿佛看到一株株从泥土中生长出来的庄稼，经历萌芽、初叶、开花、结果，那么清新、那么鲜活，从碧绿到熟黄，令人兴奋、令人欣喜。

四月的花儿自顾自开着 / 奔放的骨骼 / 舒展神性的美 // 谁唱词惊艳 / 成为四月的绝版 / 花草生动，鸟声婉转 // 牧羊人用自己的一生 / 放牧了无数个春天 / 四月，我一再地叩问自己 / 如果是一株草 / 就竖起自己骨骼 // 如果是一朵花 / 就开出自己的色彩（王敏茜《四月物语》）

八月的土豆就是娘亲 / 你的子孙掏空了村庄 / 把炊烟挂上了树梢 / 追逐城里散漫的流光 / 只是在这个夜里 / 谁喊我的乳名（胥劲军《土豆熟了》）

镢头铲子征服了山坡 / 糜谷运转腹径 / 燕麦沟有水有地 / 打通了南里的姑舅姊妹 / 日子把日子垒起来（李成山《燕麦沟记忆》）

山村是庄稼汉的额头 / 经岁月的雨季流成小河 / 那多愁善感的皱纹 / 记载着他们的痛苦和欢乐 / 夕阳剪出弓形的背影 / 身后撒满被晚霞染

得金灿灿的土豆／红太阳，绿庄稼／给画家展示
一幅迷人的画卷／给诗人展示一幅醉人的图案
（王晓云《庄稼汉》）

这是诗行里的岁月和大地。

诗人笔下的岁月，岁月笔下的诗人，在这片名叫西
吉的土地上，深情牵手了。

我感喟与你相遇／我知道／夏花没有秋的
圆实／春天的一粒种子／荡起了旱塬上的涟漪／
我用情、用心／培育你的神奇（冯进珍《土豆》）

一朵山菊花／开在山顶／享受太阳的爱抚／
它微笑着向山下观望／／我久久地对视着它／喜
欢它的纯洁／风霜中还是那么明亮（冯进珍《山
菊花》）

笔下记载了沧桑／像长满了褶皱的娃娃脸／
想用化妆品装饰／笔里却没了墨／／幸好我有辆
轮椅／能追寻勃然的装饰品／安静地坐在大自然

里 / 涂擦风的温柔 / 浩瀚的山野似席梦思床头 / 躺卧，仰望无际的星海 / 天马行空地勾勒世间美好（马骏《笔墨与生活》）

乡愁是父亲跟在牛后的那把犁 / 母亲犁沟撒籽的那双手 // 乡愁是母亲和风箱的弹奏曲 / 煤油灯下的千层鞋 // 乡愁是门前的老井 / 屋后的老树 / 是山上的盘盘路 / 山下那条弯弯的小河 // 无论我身处何方 / 乡愁永不褪色（单小花《乡愁》）

诗人笔下的风物，风物中的诗人，在这片名叫西吉的土地上，深情拥抱了。

这就是我可亲可敬的故乡上沉浸在耕读生活中的农民诗人。一手拿着锄头，一手握着钢笔；一面对着土地，一面对着稿纸；汗珠浇灌的土地上，生长出来的不只是绿油油的庄稼，还有沾着泥土、挂着露珠的诗行。他们扎根故土，坚守田园，以笔做犁，以诗为餐，吟诵生命，歌唱生活，不问功利，谢绝世俗，干净而纯粹地写作，把劳动变成审美，把岁月过出诗意。

是他们，让"文学之乡"有了新的含义，也让我对"生活"和"人民"有了新的思考。相对于需要专门"扎根人民、扎根生活"的专业作家来讲，他们本身就在生活里，从这个意义上讲，他们是幸运的。

他们的书写，也是对故乡最好的代言。从中，我欣喜地看到，我亲爱的故乡，那个"苦甲天下"的故乡，业已变成一块山青水绿、"吉祥如意"的"西部福地"，人们除了追求生活富裕，更追求精神富足。

他们不像20世纪五六十年代出生的西海固作家那样，普遍把苦难作为书写主题。他们讴歌祖国和人民，赞美岁月和大地，礼敬劳动和奉献，描绘幸福和诗意。

目 录
CONTENTS

诗心雅韵

如风随影

冯进珍

诗与远方

附录

王敏茜

陌上花开

秋笺

打开秋天的章节
风染黄了整个季节

捡拾一枚孤独的落叶
仿佛是谁遗留在尘世中
一段肋骨

经过创伤与疼痛
无辜又悲悯

我不能无视一切
正如我不能控制一切

曾经的花开花落
如今的黄叶满城
拉开一个季节的萧瑟

我站在风里
任眼前黄叶横飞
此刻
我比任何一枚落叶
脆弱

安静的夜晚

夜，安静下来
没有车鸣
没有人声喧闹
一切归于寂静

倚窗仰望
黑夜庞大而深邃
几窗明明灭灭的灯火
昏暗而遥远

这样的夜晚
我多么需要一个人同行

想起你微笑的样子
眼里闪耀着星辰

谁是谁的诗与远方
想起你说的这句话
我沉默良久

风吹得眼睛酸涩

黑夜冗长
冗长是一个人的忧郁

站在寂静的黑夜里
聆听自己的心跳

四月物语

四月的天瓦蓝瓦蓝
沉寂的皇天后土苏醒
草色一寸寸漫延
山水迤逦,绿色倾泻

我是六盘山下的儿女
仰望蓝天
诵读四月的浩瀚
清风、鸟鸣以及羊群

四月的花儿自顾自开着
奔放的骨骼
舒展神性的美

谁唱词惊艳
成为四月的绝版
花草生动,鸟声婉转

牧羊人用自己的一生
放牧无数个春天

四月，我一再叩问自己

如果是一株草

就竖起自己骨骼

如果是一朵花

就开出自己的色彩

月光是黑夜的使者

黑夜绽开无限庞大
月色自顾自地亮着
八百里城外
荒草如伏兵
我的城堡危在旦夕

风是一位闲客
以树为琴
拉响一曲狂野的旋律

月光是黑夜的使者
行走于黑夜

明月

借今夜的明月
赴一场旧约

谁把琴声弹得铁骨铮铮
令一树桃花纷纷而落

在寂静之夜，在明月之夜
请允许我用一首诗
呼唤明月

明月如莲
盛开于今夜
光明于人间

今夜独吟

取二两秋风下酒
与影子对酌
与灵魂畅饮

你双眸如电
激穿一泓止水
留下涟漪层层

八月的风里
桂花扭着婀娜的小腰
洒一地香韵

戏台上的青衣
舞水袖、翘兰花
唱词入心

一盏茶已凉
吃茶人在何方
一杯酒已淡
陪酒人在天涯

今夜的酒
留我独饮

花趣

推开生命之门
藏匿深处的花瓣
千万朵粉红刺痛眼睛

山野流动内心的痴狂
把一世花香绵延于天涯

花草间蝶衣飞舞
花瓣摇曳，抖动一片香
月色清朗，小溪柔情

没有更贴切的修辞
你绽放给我一个粉色的梦

无边无涯地盛开
拍打心灵的疼痛潮水般上升

生命的苦难
需要一场花趣的抵达

寂色

划开安静的夜
如水珠滴落之声

脉脉清丽
声声入心
幽幽的、柔柔的香
仿佛有花瓣落下

琴音伴着月色
流淌过心灵的暗河

香一缕缕
缭绕着夜晚

倚着琴声
心灵皈依于空寂

八月，花香盈袖

又一季花瓣飘落
花香逼仄扑入怀中

八月的天蓝
八月的风清
八月的水静
八月，我于落英缤纷的路口
捡拾一抹季节的花香

用一片岁月的沉香
装点我空空的行囊

八月，风起雨落
山水辽阔
花海起伏于大地

我是人间客
路过你的路
无意携你一朵花
却结了一世香的缘

我将穿过那片荆棘

月光黯淡，黑夜里的一个梦魇
那些快乐与哀伤
在时间里一起远离了我
那些幽居的疼痛，不时发出低沉的呻吟

没有什么，比黑夜更落寞
没有风声，没有灯火
甚至没有悲伤
听说灵魂的痛无声无息

窗外透进一丝黎明之光
我该收起伤口
又一次小心翼翼掩盖好

带着坚强与疼痛
我将穿过那片荆棘
找一处水流淙淙的小溪
把一些细碎的情节讲给它听
因为它会给我的疼痛找一个出口

带上疼痛生活

山水逶迤，在漫长的时间里
我已适应疼痛

尽管有些事令自己痛不欲生
但我仍然喜欢带着它前行
只有历经疼痛
才会对生命彻悟

在时光深处
我遇到走失多年的自己
那个温柔安静的女子
温暖的眼神，透出坚毅的光芒

迈着轻盈的脚步
走在岁月的长廊

清风徐徐，鲜花丛生
我们一路谈笑
原来的疼痛，结成蒂，开成花
一路昭示我

身体一下子轻了
我有了爱与悲伤的能力
挥一挥手
我仍然潇洒地走

心灵独语（组诗）

菊花

九月的风
膜拜在你的脚下
轻轻地摇摆，使整个季节有了硬度

桥

目送一波又一波脚步离开
抑或回来
风雨兼程是在过桥之外的事

门

打开时阳光会照进去
也有阳光透出来
只要风雨不来
还是敞开吧

莲

托起一个轻盈的梦
让打坐在莲心的人
看清了红尘

深夜

我不再逃避自己的目光
读一段心语
照亮另一个自己

月光

提一盏装满光的水
在一弯柔媚的眼波里陶醉
我是迷路的孩子
一点光就能找到家的归途

回眸

五百次回眸，方能擦肩而过
若爱不老，有多少个人不愿转身

书

当获得一颗真诚的心时
世界的路宽了
因此我有了一双明亮的眼睛

风

把翅膀做成箭
射向每一个需要苏醒的生命
度一片荒芜为花海

琴声

让一地的心事通过指尖
有节奏地流淌
琴声落处
君在何方

生命的颜色

一声鸟鸣划破拂晓的宁静
我欲追寻鸟的翅膀
需要放下多少沉重

三月桃花点燃春天
绿草毫不逊色
把一生的绿蔓延到天涯

人啊，与其向往飞鸟
不如用心灵飞翔
不能成为一朵美丽的花
就做一枚高尚的绿叶

生命的意义有无数种颜色

每天醒来

习惯每天醒来
咀嚼昨日的味道
将苦涩一一嚼烂
慢慢吞下
将生活的香味
留于唇齿之间

道一声
清晨你好
满齿唇香氤氲
空气里飘来
花朵的味道

你来过

你来过
拈一缕温柔
轻轻缭绕于我的小屋
那一眼低眉的温暖
荡漾起内心的波澜

你来过
一些发潮的音符
需要在月色下晾晒

你来过
像我失散多年的影子
内心的沉寂渐次打开

在月光下，在花朵旁
两只蝶儿飞过

你来过
约定在
枫叶变红的季节

人间

你撑着一尾船渡来
隔着秋水把你凝望
遥远的人啊
我眼中有光
你不会迷失方向

灯火如织的人间
山温暖，水温暖
万物皆温暖

轻霜弄枝上
花落如泥香

不必凄凉，不必悲伤
生活的色彩多姿多样

栀子花开

横一枝翠绿
在红尘一隅
开出自己的天堂

你嗅着香气而来
你怀揣芬芳而去

每一个生命都是唯一
不想成为绝唱
只想开一缕清香

栀子花开
风萦绕
香盈袖

起风的夜晚

风从远方吹来
带着花香
风以花的姿态寻觅人间
花以风的芳香绽放天地

夜漫长如一个季节
我不再等待
穿越岁月的荆棘
漫身于绚丽的花海

起风的夜晚
忧伤会随蒲公英远去
那里有一片重生的土壤

选择忘记一些苦难
领悟另一种美好

你不来我不邀
在日长天久里相依取暖

等雨

你终究是来了
从枯草遍布的荒野
从鹅黄吐新的花蕊

那是光一样的过程

你选择爱上人间
山丰腴了，水清秀了
一木一草有了神一样的光芒

好雨知道人间的疾苦
来时悄无声息
去时云淡风轻

月光

一轮光华入水
一曲轻柔奏出袅袅梵音
夜莺啭鸣，花朵呓语

草色展开一生的青
那笃定的绿有神性的旨意

河流逶迤，群山蜿蜒
天涯遥远，遥远天涯

月夜抚琴的女子
纤指间流出一地皎洁
湖心碧波，莲花朵朵

一曲月色熠熠
一次擦肩
抑或回眸
恍若隔世

请深爱这片沙漠

葬我于沙漠
鹰衔来一颗露珠
滋养我的灵魂
我不想借故长眠于此

葬我于沙漠
苏醒是另一种重生
偶尔有脚踩踏过身躯
休想阻碍我望向蓝天的眼睛

葬我于沙漠
我裸露的骨骼会长出
春天的绿意

请深爱这片沙漠
如同爱一片绿洲

晨曦

黎明早早醒来
把一束光亮投向人间

当你慢下来、静下来的时候
才能感知生活里有趣的事情

草木被风霜欺压
从没有放弃生长的初衷
抖落一身的雪与沙尘
保持向上的姿势

风雨有风雨的使命
跨越无数高山与平原

黑夜禁不住晨曦的一丝光亮
在睁眼的刹那消失殆尽

身后的草枯了又绿
穿越的脚步从未停歇

诗心雅韵

与灵魂对坐的晚上（组诗）

一

静夜，提一壶月光
与灵魂对饮
倾一杯细碎，让往事随风

二

路上，有些风景需要在路上领略
如人心，骨子里的东西
迟早会原形毕露

三

钟声，在整座山谷回响
枝丫上的鸟雀气定神闲
它们早已入禅
无关钟声起落

四

入冬，采撷一朵梅
插在窗前
大雪的雪花
正朝我家漫天而来

五

独白，把心灵的意象
吟哦成春夏秋冬
不为打动你，只为感化自己

六

尘世，是个娑婆的世界
自己不快乐
是最大的悲伤

七

独行，择一处幽静独自行走
打开思绪的辽阔

走进心灵的山水
会邂逅另一个自己

八

心安，沐浴灵魂的光
捻一缕放在意识里
辨识善恶，净化尘垢

九

相思，潜伏多年的旧疾
其实早就忘了痛
却有人抱病终身

十

明天，我将忘记今夜
携一缕轻风
漫步生命之旅

守一城月光

一城月光，神性的光芒
一个人的思念，足以
温暖一座城
一个人的等待，足以
荒凉一座城

城外山寺响起木鱼声
谁在用内心的执着敲打尘世

在声声念念里看花开花谢
你拂一拂衣袖
隐身于月光里

痴心未改，像极流水
内心早被月光照亮
习惯有你的城池

春天正在有月光的路上起程
山水摇晃，鸟声飞扬

几缕月色渗入血液

体内的种子开始发光
多么明媚的机缘啊

一朵蕴藏禅机的花
打坐在春的枝头
成了谁春天的第一缕香

有缘人
为一城月色
地老天荒

雪花

雪花飘落的夜晚
辗转难眠，思绪万千
每一次看见你
心会抽搐地痛

捧你于掌心
既欢喜又悲伤
幽居多年的心事
如雪片
纷纷落着

落厚了思念
落空了期盼

一场旧识里的叙事

蜂群大量经过春天
花朵竞相争艳
长在河岸的柳树
把一生柔情倾注于对岸的羌笛
可是那少年的心声

风儿吹，草儿摆
羌笛声声惹人醉
行走于这个季节
心绪蓬勃、生动

涟漪荡漾
夕阳漫卷过河岸
山色空寂，水光潋滟
多像一个旧识里的场景

桃花语

你笑意盈盈，款款而来
春风喝醉了
唱词里一簇簇的嫣红
落入山水
荡漾一池的妩媚

眼里藏不住娇羞
盛开是我唯一的倾诉

谁在水岸他乡
吸引你灼灼目光
使你燃烧整个季节
谁打马轻轻过
你就醉倒在他经过的路上
风吹落花瓣
是你送别他乡时的笑靥

虚构一场重逢

月白星落的夜晚
欲望是一只夜鸟
飞了很久
也飞不出月色

一直行走于月色中的人
突然多么渴望逃离月亮

多么希望宿命里
有一场重逢

去你的窗前
把大片多余的月光丢进去

连同我的想念
丢进去

春雪

春风拽了一下云朵的衣襟
一场雪就纷纷扬扬
像密密匝匝的声音
世间白了，空了

谁策马西风
引三千里桃花翘首
以一阕妖娆的词
吟哦北方

南方嫣红入画轴
灯火阑珊处
谁在江南水乡踱步
留白太多不易入画

北方的我
邀你入诗
这冷艳与凄美
成为绝版的抒情

书笺

打开书页
一枚枫叶跃入眼帘
被囚禁多年的爱情

失宠的妃子
那个明媚如水
妖娆过春天的女子

是谁许你前世的光彩
却背信弃义地离开

捧你于掌心
我愿解你今世的孤寂

枫叶红了

枫叶红了
叶脉含相思
随风舞清寂

万物始于生命
空于生命

我在内心逐一条河
接纳片片红叶安静地落下

红叶如一地繁花
在风中轮回

一匹驮经的白马
行走于岁月深处

万物皆有神明的旨意
人间一片肃静

我为自己筹备一场葬礼
葬我于青山白云间

枫叶红了
燃烧在灵魂最深处的火焰

或壮美
或凄婉

领悟

秋风犹如当头棒喝
整个季节变色

黄叶在枝头鸣响
尘世一片肃静
花朵凋零
留给人间一首清词

我从一阕旧词里解脱
不再执着于昨日的星辰与花朵

云清了，风淡了
一些心事消散了

坦然接受
其实是另一种领悟

雨夜

风打着卷儿
与一片片枯叶一同挤进
一条黑暗的巷口

一片游走的叶子在深夜落入
我久治不愈的伤口

冷风在高处开口说话
所有的门窗紧闭

月光在这个夜晚走失
窗外雨声淅沥
我的诗句泛潮
需要一个明朗的午后晾晒

秋日绪语

梧桐叶在窗外摇曳
你的眼神没有因时光隐晦
依旧神采飞扬

心头被一些情节激荡
扑面而来的风温润、香甜
唇齿间溢满花朵的气息

总被你一个洒脱的手势吸引
我的目光虔诚而顺从
日子快乐如风
日子酣畅如雨

鲜活的语言
被我们随意更换
生动如流水

快乐如风的笑声
使我们忘记岁月的折痕
生活不用装饰
笑容依然真实

回望

仿佛回到捡贝壳的时光
手指柔软，身姿轻盈
笑声在山谷间回荡

微风吹过山坡
一朵桃红飞出侧页
谁不小心遗落了青春诗笺

你浅浅的酒窝
飘出一丝香甜的笑意
春天渐次打开
舒展你的裙衣

相遇

阳光明媚
我抬头看天空时
看见了你眼里的星星
看见了你嘴角的花朵

草尖上的露珠
藏着天地日月，藏着万物苍生
我们一路上没说话
怕惊扰到这神性的光芒

微风吹过脸庞
我们一路嗅着花香

我们不需要语言
只是相视一笑
便擦肩而过

窗外，雨声潇潇

谁的手指轻柔
弹一曲天青色的烟雨
一朵湿漉漉的槐花落入窗台

天空倾斜
挂起黑色的暮霭
隔着窗我们相对无语

恍惚之间
我置身于江南
油画一样的小镇
丁香一样的姑娘
撑着油纸伞，踏着青石板

心有灵犀
隔着一场雨的距离
无须言语
如一幅画的留白

雨一次次抵达人间

我猜测过雨的前世
它前世的名字是否叫雨
但我想它一定无数次地来过人间
它需要在泥土中修行，在人间完成自己

它一次次化生，一次次寻找
沿着花朵的内心
顺着叶子的纹路
落在小昆虫的翅膀上

它堆起一座座高山
它化身成河流
每一次抵达都是一场救赎

听雨的人只剩下自己
雨声木鱼般地敲着
人间顿然清静了

一只回家的夜鸟

一只回家的夜鸟
谁也不知道它飞过了几座山、几条河
谁也不知道它经历了多少风吹、多少雨淋

它从远方飞回来
眼神里有疲惫，但更多的是平静
它一遍一遍梳理着自己的羽毛
仿佛经历的一切与它没有一点关系

夜晚的灯火阑珊
温柔如一双慈爱的眼睛
树上有花不断地落下
借着灯火
小小身躯，安静地、轻轻地匍匐在地上
仿佛枝头与它已没有什么关系

我不应赋予落花太多的情愁
导致它们别离枝头时肝肠寸断
其实生命里的许多事，该发生的依然会发生
原来都是我们一厢情愿

九月笺（组诗）

一

秋天的下午，阳光微醺
沿着小径，依山而行
我们一路吮吸野菊的气味

二

一边干家务一边煮茶
秋雨绵绵，我在水中放了陈皮
还有两颗劣枣
正好调补气血

三

一只饥饿的蚊子
在屋子里晕头转向
我想用自己的血喂养它
它却视而不见

四

浇水时无意碰落一朵花
一朵我喜欢的花
生命的过客
就这么匆匆一别

五

最近运势不错
每天都能收到各种短信
提示我很幸运
我默默删掉信息
继续做一个幸运的人

如风随影

守一片净土（组诗）

窗外

一片绿为阳光写意
小路在远山拐了个弯
把一双眼睛带到了山那头

鸟鸣

清晨被一声鸟鸣啄破
风开启一天的流浪
我以你为念

寂寞

又一个思绪萦绕的夜晚
手捧书卷，放下了许多
却放不下一张渐已陌生的脸

听雨

温一壶茶香

和着雨声，我痴醉如雨
迷失于你的岸

远方

摇曳一盏橘黄的灯
一瓣心香，守在你轮回的路旁

音乐

心灵深处的音符
高山流水，终得知音
水有水的流向，花有花的归处

深夜

万物一片宁静
没有月光，星星依然找到了归路

一念

漆黑的屋子

我需要一盏灯

一盏照亮灵魂的灯

多么安静的夜晚

这样的夜晚

适合听一首曲子

月色是一个熟悉的眼眸

安详、温暖

弹奏曲子的女子名叫白莲

朵朵莲花开于琴弦之上

一念生香

一念神往

一念清心

一念自在

雨声、二胡声

凄美的旋律揪疼了心脏
悲伤比夜更深

故事的情节
在雨声、二胡声之间交织
埋在时光深处的伤痕
如破土的芽直抵我的咽喉

窗外雨声
室内曲声
在此起彼伏间汹涌

我是什么
一滴雨吗，一场雨吗
一个音符吗，一首曲子吗

我是一个空相
既空妄地存在，又空妄地隐没
生命的痕迹
在你来时我便去也
蓦然回首，山水各异

听雨的人易入境
听曲的人总寄情
所有的悲欢
不过是雨过天晴、曲终人散

一粒尘埃沿着时光的轨迹
淹没在星辰大海

安静的夜晚

夜安静下来，风也跟着安静下来
天空上有星星闪烁
我在想它们是不是人间的花朵

我不会摘一朵花养于盆中
安静的夜晚，我在纸上描摹一朵花的明艳
我从不拘束花的绽放
风来时随意摇曳

我的画笔生动，描出你别样的春天
十万里山河，任你点燃

我藏一颗星星在眼睛里
不分昼夜，熠熠生辉

今夜，我在等一场雪

今夜，我在等一场雪
我怕闭目的瞬间
就会错过一场雪

今夜，我在等一场雪
如等一个诺言
我不会畏惧黑夜
我怀揣万千繁星

今夜，我在等一场雪
叫停了所有的风声
山河匍匐，四野寂静

今夜，我需要一场大雪
将我覆盖，包括所有的罪恶

一窗月色

今夜你一定喝了酒
趁着夜色
偷窥我的心事

一个人久病成疾
就会久病成医
曾经开过很多处方

听说有些药要用酒做引子
而我，嫌酒太浓
所以久治不愈

月色朦胧，像一味调和了酒的药
只是我习惯了病着

人间烟火味

庭院的鸟雀飞上枝头又飞下枝头
枝头有它们的爱巢
它们正在啄食我特意撒下的秕谷
门前的格桑花开得此起彼伏
那是我们最喜欢的花

你来了，风尘仆仆
抱头酣睡的小白狗警觉地抬起头
直到闻见熟悉的味道又安然睡去

我们在院子里坐下来，讲了好多旧事
我给你讲了格桑花、小白狗以及庭前院后的事

你半眯着眼听得入神
仿佛在听一段冗长的人间烟火
阳光照过来，轻轻地铺在你红润而温暖的脸上
你边喝茶边把玩着手中的茶杯
我不断地为你添上茶水

桃花如闭关修行的女子

桃花渐次盛开
你来抑或不来
桃花依旧开在那里

我的心田，桃花灼灼十里
我不想用更多的形容词
就足以缤纷天下

桃花如闭关修行的女子
她曾有一段美好的爱情
她曾奋不顾身地爱上一个人

她以爱为旨意
倾出一生的笃定

春天以桃红为袈裟
四海八荒为道场
传播爱的真谛

装在心上的月亮

孤独的人
心里装着一枚月亮

刮风的夜
下雨的夜
月亮从未暗淡过

天上的月亮
水里的月亮
都是心上的月亮

柔和亦安静着
朦胧亦抽象着
残缺亦完整着

装在心上的月亮
为一段旧时光
涂满孤独的颜色

秋天

万物开口说话
无论完美，抑或残缺
呈现出慈悲
它们在冷霜来临之前
为生命做最后的坚持
万物在上
我将用生命做一生的顶礼

黑白

永不褪色的印记
那些被涂抹的真相
经不住岁月的风尘
我们曾经忘记善良
颠倒黑白
需要用多少时光
忏悔

野菊

风的哨声悠长
吹过虚空的安静
野菊是九月的使者
抛开桎梏，肆意开放

我不能深深呼吸
生怕惊扰了花的虔诚

九月，不是一个烂漫的季节
野菊的春天就此打开
风一吹，那香就流动

我的脚步匆匆
在一簇簇野菊前
驻足良久

沉醉于一首曲中

今夜有意倾心于你，尽管
倾心至心碎

不愿走出这凄绝，尽管
凄绝至心痛

一个音符，一把利刃
刺入心脏，痛很彻底

此曲缠绵，低回
捧出我所有的情感
濡养一个人的孤独

震湖

携一缕清风
作为我幽幽的寄语

我顶礼膜拜那一汪水的辽阔
草木青青，生命至上
我无数次合掌
告慰那些逝去的生灵

湖畔的草从脚下一直绿到尽头
仿佛是你们在轮回的路上
发出生命的号召

山峦上的一片白云
在湖水的波韵里轻轻荡漾
留下一曲美妙的短章

月亮

一轮智慧之光
从山畔升起
草白了，树白了，山白了，路白了
看月亮的人也被月光照亮了

人间一度空寂
我傻了
分不清谁照亮了谁

父亲

我是父亲的追随者
父亲用温良滋养着我的人生

我以宽容为底色
顶礼膜拜生活

我以和善发心
笑对人生每一次劫

文字拙劣
不足以让我诠释父亲
词语苍白
不足以让我形容父亲

生活的那些伤痛
在父亲一脸慈祥、一句暖语中
风清了，云淡了

生活是一部书
父亲是顿悟的章节
总能让我在受伤后依然热爱生活

父亲经常用宽慰治愈我们
有人把父亲比作山
而我更愿意用水形容父亲

父亲清澈如水
父亲温润如水
父亲纯粹如水

在秋天邂逅自己

不经意间与秋天撞了个满怀
一个人行走于秋的旷野
可驻足，可轻吟，可雀跃
摒弃所有的杂念
轻快如风，澄澈如水

夜色如墨，我喜欢黑夜的辽阔
夜风如诉，我享受夜风的抚慰
放下心中羁绊，我依然步履轻盈

岁月的风雨凋谢了尘世的花朵
而我内心日渐丰盈
生命的意义冗长且隽永

当生命回到空寂
我与那个素简如水的女子邂逅

一生总是在错过
错过良辰美景
错过风花雪月
人总是在错过选择

在选择中错过

四季有轮回，生命有波折
黑色的苦难
在下一个春天也会开出灿烂的花朵

山中行

天空明净，白云悠闲
草木在蓬勃后安静下来

鸟儿是林间的使者
把一声一声清脆扔向山谷

山头正好
一阵风过后
黄叶翻飞在半空
继而又匍匐在地上

捡起一片叶子
顺着叶脉的纹路
仿佛听到了风声、雨声
太阳、月光以及沙尘暴

远离车水马龙
远离尘嚣，沿山而上

与每一棵树握手
和每一株草私语

怦然地心动
无关生死，亦无关情爱

不觉间
暮色挤掉了半日时光

冯进珍

田园牧歌

写给你

夜色缱绻
栀子花遗落了清香
你 , 是否还在忧伤

深夜星光璀璨
夜莺在为谁歌唱
大千世界
放歌红尘
你在寻找自己的灵魂

你——
诗和远方
从生活中寻找灵感
在书本上寻找创意
用爱的笔尖
书写自己的梦想

黄土地

春风一夜
黄土地宛若多情的少女
情窦初开
犁铧撬开了外膜
种子在羞涩中萌发

炎炎夏日
丰满的腰身
沉重而不失清秀
胀鼓鼓的大肚子
怀揣丰富多彩的梦

秋风吹醒了镰刀
镰刀的光芒
折射出临盆前的微笑

产后的黄土地
如同病床上的黄脸婆
瘦骨嶙峋

一场冬雪

就是一床蚕丝被

沉睡了的黄土地

开始做下一季的春梦

夕阳

独守黄昏
看落日西沉
迷茫的双眼
被天边的血红尽染
寻找飘起的那缕炊烟

阳光离去的伤怀
带上残缺的灵魂
叹息黑夜

仰望天边的彩霞
犹如心里流淌的血
空旷的天宇
被黑夜打成了包
恋恋不舍
却留不住那抹光

暮霭重叠的凄凉
相思在桃花盛宴
将沧桑刻画成条条沟壑
怀揣昨日的梦想

为这抹晚霞装扮的胜景
写一首诗

残阳如血
伴着伤感的心
把牵念挥洒成诗行
心已浪迹天涯

土豆

站在多情的雨季
聆听秋末的絮语
一窝洋芋
在大山的怀抱中
轮回成一束阳光
我站在山头观望

岁月错乱了年龄
时间凌乱了情绪
深情地回眸
是你的心洁玉身
养活了
大山里的一代又一代人

我努力地靠近
心情不自禁地跳
你的善良和奉献
开辟出一道道梯田
醉了我的沉迷

时光苍老

我感喟与你相遇

我知道

夏花没有秋的圆实

春天的一粒种子

荡起了旱塬上的涟漪

我用情、用心

培育你的神奇

村庄也是一首诗

沉寂的村庄
就是一首未发表的诗
把寂寞的诗句静默在
一张白纸上

野鸡和麻雀
高就于村口的老榆树
用激情朗诵

门前的老狗
仰望天空
用沙哑的声音吟唱

老牛在槽下
咀嚼着自己的诗篇
牧羊人的身后
是一群铁杆粉丝

乡村的黄昏

劳累了一天的太阳

收敛着光芒

斜挂在西山畔

麻雀聚集在村口的柳树上

用鸟语

讲述这个冬天的故事

村庄上空缕缕炊烟

飘溢出乡村的味道

放出圈的驴

在村道的土路上

四蹄朝天

翻滚着黄土的尘烟

一曲长嚎

吹响了集结号

蹒跚脚步的牛

如同会场上的老村长

踱着步子齐聚在河坝

放牧的老羊倌

用嘶哑的声音
唱出日落前的老腔
惊动了全庄的狗
向他发出迎接的号角

山菊花

一朵山菊花
开在山顶
享受太阳的爱抚
它微笑着向山下观望

我久久地注视着它
喜欢它的纯洁
风霜中还是那么明亮

一只羊向它靠近
我在心里呼喊
不要，不要
它是这座山
最温暖的阳光

我是一棵小草

我不是诗人
写不出惊世华章
我是一棵山中的小草
只想找到自己的天空

生长是我的天性
我的眼睛早已习惯
南来北往的风

住在山野
看惯了树的高傲
花的娇艳
我虽渺小
但也有自己的梦

只因一颗向上的心
让我忘记了
今生的平庸

我不是诗人
但用真诚抒发着真情

净土

圣洁，清纯
是我向往的净土

诗和远方在何方
我不知道

李白和杜甫
从古代走来
我知道

我抱着幻想窥视这片土地
圣殿的大堂上
都是耀眼的光圈
刺得我睁不开眼

我闭着眼睛
低头沉思
却发现
这里是有色的热土

晨光醉美

晨光醉美
恰似一首婉约诗
写在柔情的晨雾中
干涸的葫芦河
顿时潮涌

诗者的眼睛
用激情的火花
燃烧出一缕霞光
在迷雾中
追寻破碎的梦

读你

你是石缝里一眼隐秘的泉
读你
还得打开心锁

麦趟里的情歌

火辣辣的日头
火辣辣的地
火辣辣的麦趟里
火辣辣的歌

熟透了的麦穗低着头
阿妹妹手中的镰刀
唱山歌

唱出了身后
一捆捆的麦个个
唱得阿妹妹头上
流出了水豆豆

伏里天的日头
真格格的毒
阿妹妹想到阿哥哥
心里头
真格格的甜

对面的坡坡上走来了个人

唱着阿哥的肉肉
他是阿妹的心上人

手把着镰刀连忙把麦割
成捆的麦子码成了垛垛
阿妹的脸上露出了笑花花

荞麦花

初秋的山里
秋高气爽
云白天蓝

秋风掠过
一股股清香沁心润肺
使人沉醉于花的芬芳
片山片洼
全是花的海洋
红得如霞
白得如雪

勤劳的蜜蜂
飞舞在花丛中
编织着甜蜜的梦
每一朵花苞
就是一个
火红的灯笼
映红了山野
也映红了姑娘的脸蛋

中秋过后的荞麦
到了成熟的季节
如同即将出嫁的少女
成熟，丰满
静候着农夫的
迎娶马车

阳光温暖，月色纯美

大千世界
你我总是擦肩而过
在昼夜兼程的路上
一次次，一回回
百回千转

有缘相识
用真诚感动真诚
月色淡淡
心湖荡漾

灵魂摆渡在星空
坐在月亮船上
停泊于黎明
等待曙光
映在你的心湖上

经历了冬的暖阳
朔风追月
阳光温暖
月色纯美

虚伪

冬雪掩盖了虚伪
真诚
被老北风一夜掠走

骨架如行尸
在街道的十字路口
灵魂
被霓虹灯漂洗

外壳
脱下华丽
只不过是一堆
腐烂的肉

冬雪虽厚
但苍蝇的声调很高
虚伪的灵魂
在阳光的阴影里晃悠

沉思

一片落叶围着树旋转
不是因为树的粗壮和高大
它昭示着一颗感恩的心

再大的风也吹不起沉淀了的心
生命只有一次
轮回在风转的路口

过往的是云烟
随季风飘散
痛与不痛
幸与不幸
都是路上遇见的风景

扬场

风在空中提炼
木锨架起了一道彩虹

尘土和杂衣
随风沉浮

积淀成的小丘
是抛物线中的坐标

碾场

一捆捆
一把把
摊圆的麦子
一圈圈
一层层

老农为圆心
老牛为半径
碌碡为弧线
一步步
一遍遍
画着圆

画着四季沧桑
圆着一年希望

远方

远方有多远
我不知道
向往
从春天起航

牵挂的心无处安放
收紧眉宇
和无数次跌倒的过往
打开书页
寻找丢失的灵魂

人已老天未荒
我重拾那破旧的行囊
顺着文字指引的方向
打捞流失的时光

多年以后
我仍在春天起航
诗和远方
是一盏心灯
重温暖暖的诗行

赶路人

在洒满阳光的路上
我在追逐梦想
翻越一岭又一山
蹚过一河又一沟

没有干粮
没有钞票
没有人陪伴
也就没有包袱

沿途风景虽好
落魄
是另外一片黄叶
在风中蜷缩

阳光中的影子
没有施舍
我只有用笔尖虚拟
一个自己的王国

没有故事

也没有酒
月明之夜
饮尽月色

醉倒在东边山麓
醉倒在月宫
醒来
继续长途跋涉
醒来
在黑夜中寻找光明

随心而安

打开紧锁的心门
给你留一席空间
哪怕是一个小角

晨光中
我追着太阳
向东，一路向东
夕阳下
你望着晚霞
往西，一直往西

起点和终点
是不同的方向
移动和静止
随心而安

写一首诗

行囊里的故事
背不动山里的酸楚
太阳升了落了
落了升了
月亮圆了缺了
缺了圆了
日子像风蚀的史书
也像大海的波浪

沉寂的葫芦河
流干了泪
静卧群山
保持静默

眼神移向火石寨的丹霞
翻找锐利的红石头
锤炼诗意
追寻古人的风格
从几千年的石缝里
寻找风骨

伫立在堰塞湖的碧波中
压低身影
白云在水上漂浮
我无法直立行走
低头沉默

家

家是父亲紧锁的眉宇
期待着儿女的那把钥匙
是母亲梦呓中的那串乳名

家是从母亲怀里放飞的梦
是从父亲脸上轮回的日月
家是泡在父亲酒壶里
从不言说的思念
是母亲厨房中飘出的
想念

父亲把家藏在心里
母亲把家挂在嘴边
家是天与地的灵魂
家积攒了四季的温馨
也消散了天地的风霜雪雨

家的温暖似太阳
家的柔情似月亮
家是儿女对父母的真诚祝福
是父母对儿女的美好期盼

家是日月轮回的路程

路延伸向家

守望四季

守望四季

一棵苍柳

春风拂醒双眼

从鹅黄中钻出

垂柳的长辫子

摩挲明净的湖水

柔美的腰肢

用一支柳笛

吹响了阡陌

夏天的炙热

释放翠绿的色彩

过往的白云

缠绕山头

低眉爱恋

一方绿荫

站在盛夏歌唱

秋风染红了张张信笺

书写昨日的情愫

柳叶叠成金色的阳光

徜徉在母亲的怀抱

镰刀的光波
是幸福的归宿
在田园里
呢喃呓语

北风送来了雪花
皑皑田野
瑞雪呈祥
苍柳冰洁的树挂
守候季节的清瘦

春

春，从树梢的绿蕾中
钻了出来
挑战残冬
一只蚂蚁
仲出一条腿
绊倒过路的大象

绿色已不是奢望
雪若隐若现
荒芜的山野有了生机
春雷惊醒了冬眠中的生灵
蛤蟆唱起了老歌
萌动的感觉
已经发芽

三月的枝头
花蕾初放
春风轻拂清新的空气
等待一场春雨的浸润

春满大地

不是遥远的期盼
我用犁铧的尖锐
撬开万物生长的土地

田园里的梦

春雪化作多情的眼泪
酥软了柔情的土地
润湿了田园的眉毛

母亲般的黄土地
裸露着胸膛

一群野鸡
聚集在山坡的林子里
讲述着春天的故事

麻雀在电线上排成一行
眼盯农妇手中的篮子

耕牛用稳健的蹄子
行走在田野
农夫的皮鞭
在牛背上画着不同的标点

种子
在农妇的手中

跳着舞蹈

每一个动作

都是梦的符号

多情的春风

春分把多情嫁给了耕牛
蹄窝里
孕育出种子的绿苗
春风把多情嫁在了农民的额头
皱纹里的露珠
合成了一片翠绿的庄稼

春风把多情移上了山坡
迎春花用含羞的目光
向外张望
芬芳的花香
引来了蜜蜂的诗吟

春风把多情送给了小河
潺潺溪流
涌动着激情的浪花
情窦初开的野鸭
追逐自由的恋爱
低调的蟾蜍
用沙哑的声调
呼唤着心仪的情人

春风把多情留给了树林
白杨的高冠上
栖居着一对有情的喜鹊
柳树的枝条
婆娑婀娜
微风中翩翩起舞的少女
羞红了脸面
紧闭的花苞
期待着春雨的滋润

春俏枝头

一夜的春风
拂醒了枝头上的羞涩
初恋拥抱着花蕾

犁铧的坚硬
撬开了土壤紧闭的心门
把多情的种子
植于大地的子宫

热情洋溢在农人的脸颊上
丝丝细雨
惊醒了腹中的胎儿
脑袋顶破了肚皮

桃花的粉黛
映染了一树的情爱
花瓣
引来了蜂蝶的柔情

三月

天上的云
一朵追着一朵
用心编织情网

地上的小草
一个挤着一个
使着劲往出探脑

没有矫情
站起身子眺望
花儿初绽的山坡上
有我的童年、少年的梦

我看着天上的云
和山坡上的羊
山那边是否还是山
挥鞭，追赶

诗句直白
没有隐喻
羞愧的文字

藏在一株小草的根部
浸润春色

立春

立春的节气
从寒冷的冰窟窿里钻出来
打了个寒战
站在山坡上
唤醒阳坡洼上的小草

一缕春风
拂醒了土地惺忪的睡眼
激动的冰雪已热泪盈眶

河柳热情地萌动
麻雀
在柳树枝头上跳着探戈

一群羊
在冰面上
饱尝着甘露

在阳光下
调皮的顽童
追逐高空的飞鹰

我和牛

春分平分了昼夜
我和牛平分着汗水
燕子的呢喃
催促着北国播种

我捡起种子
牛拾起犁铧
坚硬的日子
用汗水湿润
用犁铧撬动

一季的播种
满怀一年的期盼
把日月顶在头上
但愿苍天有眼

紧一紧裤腰带
勒紧日子
闻着雄鸡的高歌
披着星星的长袄
踏着晨曦的露珠

深一脚，浅一脚
行走在春天的季节里

牛在前头做着春天的梦
我在牛后做着秋天的梦

春天的诗

春风
撩动新的枝芽
似少女的柔情
点亮了青春
春雨
用一双纤纤玉手
抚摸我的脸庞

冬的枯叶
催青了新芽
美好从这里起航
小径上
那些初显的清香
感染了灵魂

写一首春天的诗
把经年的彷徨悄悄埋葬
天地似心花
慢慢绽放

光阴轮回季节

蕴含新的生命
稚嫩的青涩
散发着泥土的馨香
春阳下
花儿拔节生长

宇宙的牢笼
禁锢的思想
在银河里漂荡
前方路漫漫
脚窝里便是梦的诗篇

六月的田野

六月的田野
芬芳出乳汁的清香

一块块麦田
随风逐浪
一波赶着一波
跌宕起伏

豌豆花
纵情绽放
犹如蝴蝶
翩翩起舞
初露的豆角
宛若摇曳在枝蔓上的风铃

芸介子也不甘落寞
一朵朵金黄的花蕊
引来蜂群的歌唱
苜蓿花漫遍山川
染成了天边的彩虹

六月的田野
就是一个羞涩的新娘

用镰刀写诗

伏天的早上
还是有些凉意

麦黄的季节
听着雄鸡高歌
踏着晨曦的露水
望着金色的波浪
我用镰刀写诗

第一行是
一把把、一束束的麦个个
第二行是
盈满额头晶莹的汗珠
和烈日墨漆了的脸膛
第三行是
被日月压弯了的腰

成排的麦垛垛便是
排列成序的诗行
诗句中的符号
就是流淌下来的汗

弓腰的背
就是诗篇的灵魂

秋末絮语

一场寒霜
将花草斩杀个精光
太阳升得老高

一只落单的鸟儿
在萧条的枝头
叽叽喳喳

几只羊在长鞭下
围着一棵大树
美餐一地的落叶

老黄牛踏着稳健的步伐
在田地里埋下伏笔

金灿灿的野菊花
与夕阳同争余晖

一窝土豆
把笑脸深埋

秋末的雨
有些薄情寡义

葫芦河的秋天

葫芦河是一条不寻常的河
昨天
浊浪拍岸涛声吼
风吹云走鸟啼鸣
今秋河水荡清波
桥梁公路跨两边

桥如虹，车似鱼
红叶似彩霞
游人逛

堤岸杨柳点头
河心船行似龙
林荫小道
曲线连网
观光休闲好去处
优哉游哉

秋殇

秋蝉鸣唱
一声凄凉哀秋殇
月色清柔
一壶浊酒醉残年

时光悄悄流逝
瞬间
心中余残阳
在时光的尽头
数着每一颗星辰

灯火阑珊处
不经意走进心田的情
丰润了流年

站在岁月的渡口
蓦然回首
只是一段旧城往事
留在石阶上的脚印
刻下岁月的沧桑
还有落叶时的悲怨

窗外的雨

窗外的雨
不知向谁倾诉
凉了秋意
红了枫叶

告别了夏的炙热
雨滴萧瑟
树叶泣血

秋雨染黄叶
空山无鸟语
夜夜凄凉

在诗行里倾听
寂寥的心

我只是一叶茶
在沸水里跳跃
冷了的茶
饮尽曲终人散

秋的脚印

秋的脚印渐行渐远
分娩后的黄土地
显得慈祥、安逸
田野宁静了许多

天空湛蓝
山坡上的白云
飘来荡去

山梁上的树林
被秋风扫光了叶子
萧瑟清冷
落尘的叶片
在寒风中逐波赶浪

一星半点的野菊花
还在悄悄绽放
小草抖动着枯黄的陈旧衣衫
期待着来年的新装

耕牛在田地里埋下伏笔
谋划新的诗篇

金秋里的糜子

金黄的糜子
在秋风中荡漾

成熟的糜子
像亲昵的情侣
交颈，挽手
亲亲热热
难分难舍

锋利的镰刀
在阳光下闪烁耀眼的光芒
农民坚硬的脊梁
与满身汗水
染黄了秋天的田野

每一滴汗水就是一颗
晶莹剔透的米粒
弓腰的背
负载着天地日月

满脸的褶皱

轮回四季沧桑
金色的糜穗里
饱含农家人的梦

花开花落

回眸

稍纵即逝的秋色
在薯田里铺展开画卷
夜空
星辉月映

暮色笼罩苍穹
一窝洋芋
胀疼了黄土地的肚皮
单等雄鸡
叫醒接生婆

今夜无眠
在幻影里
在遥远的希望里
乱了心境
乱了思绪

回眸
心在跳跃
时光流逝
饱经风霜

面颊写满岁月的沧桑
往事浮现连成篇
岁月沉沦已黄昏

处暑

夏残尽
天地肃
叶飞蝶舞
蝉鸣雁声吟

细雨驱尘烟
凉风送秋韵
炎夏惜别
秋高云淡
季节更换已处暑

万物渐成熟
绵绵烟雨
染金秋

雪中漫步

一棵干枯的草刺破了雪被
刺痛了往事的心
脚下咯吱咯吱的踏雪声
倒在了记忆的风中

一个镜头，又一个镜头
如雪地上凌乱的脚印
忽东，忽西
错乱了方向

或许一场雪就是一场覆盖
一次覆盖就是一次遗忘
雪，覆盖万物
也覆盖了我的心

披着皮囊的我
于雪中，走着走着
忘记了自己是谁

漫步，细细地回味
如同一头老牛

咀嚼苦涩的日子
在白色的旷野
疏离成脱俗的鹤

冬天的风

冬天的风来势凶猛
裹挟着刀子
吹到脸上
生疼生疼的

大地被风划开了网状的口子
河流，失去了往日的激情
就像泪崩后的老妪
泪水叠加成一层污垢
尘土，树叶在上面旋转

风，吼叫着
一群麻雀在树枝上摇摆不定
忽而跌落，忽而跳跃
狗蜷缩着尾巴
把嘴塞到在两条后腿之间
像一个黑色圆球

天越来越昏暗
风越吹越猛烈

一棵树

一棵苍柳
站在山顶观望世界

用含情的目光
俯视这块多情的土地

根植于黄土的腹内
静听黄土地的心跳

岁月刻画它的年轮
风霜侵蚀它的身躯

冬天的寒风
未能使它低下头颅

尘世中
挺起坚硬的腰身
迎接风霜雪雨

诗与远方

诗与远方

你在远方
我乘白云去找你
把梦中的追寻
和生活的苦辣酸甜
与你倾诉
开辟心中的荒地

远方的信仰与坚守
使路变得不再漫长和遥远
让路的距离与心的呼唤缩短

一路走来
跌跌撞撞，风风雨雨
用感恩的心领悟
把岁月的积累与沉淀
写成一首诗
激情与灵魂
在纸上四射

诗与远方
老人与狗

都是一种意境
老牛和犁
农夫和土地
都是诗的情怀

也许某一天
生活不再艰辛
日子不再重复
这时
文字仍活着

花开花落

种植自己的心田

在这片土地上
我是一棵草
和所有的小草一样
在卑微中
努力向上

我没有高大的形象
也没有惊天的壮举
在同一道路上
守护这片神圣的土地

和所有的小草一样
在茫茫的黑夜
寻着北斗星的航标
用拙笔涂鸦
用真情吟诵

我没有花枝招展的风采
但有坚硬的骨骼
我的灯盏比夜晚还要昏暗
我的语言是久卧病榻上的呐喊

我甘愿生长在崖缝沟畔
和所有有梦的草根一样
希望，从裂缝中往外伸展
我也愿将头顶的顽石顶翻

土地是我的奶娘
我要用心呵护
种植一块自己的心田

描绘

夕阳悲悯黑夜
星星黯然失色
银河璀璨
弯月漂浮水面
是船非船

漾漾泛菱荇
澄澄映葭苇
我用笔
一笔一画描绘
是画非画

身后是重叠的山峦
我日夜兼程
重复着重复
一步步前行
是路非路

乡愁依旧

我把乡愁折叠成书信
藏在箱底
泛黄的纸上
墨迹暗淡

几滴老泪滴落于信笺
变成几朵飘零的雪花
云飘过窗台
在雾里看花

冬天无雪
几朵云彩
被风送到了远方
还有带泪花的书信
和太多的挂念
都随风而逝
唯有
乡愁依旧

流泪的红蜡烛

把忧愁咽下肚
将喜气贴上脸
双手抱拳
迎送前来恭喜的客人

一对鸳鸯
手挽臂交
他们踏着梁祝的舞步
未能化蝶
他们听着白娘子的传说
被金钱的法海
绑架在金字塔下

高额的礼金之下
那条红色地毯
是他们高筑的债台

洞房的红蜡烛
滚落含情的泪花
是喜还是忧

半壶酒

一桌泪

父爱如山

深恋大山
因为我是你的儿子
大山就是父亲的雕塑
我的世界全是山

太阳从来没有变过道
从东山到西山
忧伤的时候偎依大山
把泪水当作雨水倾洒
高兴的时候面朝大山
放开喉咙高歌

这里是我生命的起源
这里是我生活的摇篮
爱情在这里开花
事业从这里出发

大山的沉默
就是无言的嘱托
胸膛里蕴藏着滚烫的热血
你肩挑沧桑的日月

背负沉重的儿女

你甘守寂寞
甘愿孤独
你追求的是奉献
舍弃的是一生

阳光下有一种疼痛

阳光下有一种疼痛
叫冷漠
从骨子里迸发

正午的阳光
就是一把手术刀
解剖无耻的肉体

残阳如血
呻吟的灵魂
四处奔跑

风骨

松子在石缝里
发芽
长出了石头的风骨

花儿长在温室里
骨质柔软
只是一季的绽放

生命没有风骨
经不起风霜

卑微不等于卑鄙
高贵不等于高尚
关键在于，有没有风骨

我是那只船

人生是漂泊在海上的船
我便是摆渡者
我掌着舵

满载日月
拖着长长的缆绳
拴在了岸的另一端

驶向海洋深处的小帆船
犹如一片干枯的树叶
沉浮不定
任凭海浪拍打
挂起的小帆布
被海风撕扯得七零八落

疯狂的海水
吞噬了
这只满目疮痍的破船
未能留下
一丝的痕迹

这里的山

这里的每一座山
都无比谦和
蹲在黄土高坡
任你站在肩上
爬在头顶

这里的山
高过生活的晨钟暮鼓
平行于先辈们的脊梁
在沉默中沉默

这里的山
无关名利
站起身来
暗浊的心
忽然间就澄亮了

这里的山
满载许多故事
它们虽然胖瘦各异
但腰杆硬挺

故乡

故乡的月最圆
故乡的情最真
故乡的人最亲

故乡有追不回的童年
故乡有讲不完的故事
故乡有叙不尽的家常
故乡有亲不够的爹娘

故乡是我们温馨的家
故乡是孕育我们的地
故乡有永久的眷恋
故乡有永远的思念

故乡把日月挑在父亲肩上
故乡将沧桑刻在母亲脸上

故乡的路弯弯曲曲
故乡的山折折叠叠
故乡的水清清澈澈
故乡的天蓝蓝莹莹

故乡是我一生的思慕
故乡是我一世的追寻

老黄牛

老黄牛稳健的蹄子
行走在春天的田地里
每一个蹄窝
深埋着一粒种子

鞭子的弧度
是它牵引的方向
滴落的汗水
长出了片片绿茵

老黄牛
默默地拉着山中的日月
身体承受着蚊蝇的骚扰

一背篼草料
是它最大的奖赏
伸展舌头舔舐伤痕
随着鞭子的弧度
甩着尾巴
继续行走在犁沟里

布满鞭印的身躯
耕种出四季的
春华秋实

我

黄昏
我的心被残阳吞噬

黎明
我被黑夜吐出

夜晚
我被星辰阉割

白天
我把太阳转成日子的玛瑙

写给你我

早安，晚安
故事的开头
常始于一种简单

别说你不在乎
这一句平凡的语言
你可知道
那廉价的问候
却藏着一份
人类亘古的情怀

那不舍的等待
站在孤独的舞台
像一枚钢针
将我的留恋
钉入你的生命

山中风景

山里人的生活
就是一把生锈的老刀
割疼了山的神经

不论春华秋韵
还是风霜雪雨
拽着牛尾巴
吼出大西北苍凉的老腔
让黑夜不再漫长

对映牛蹄窝里的日月
系紧生活的腰带
把苦难装进裤兜
强装笑颜
和着风雨
雕琢出一道山中风景

路，迷失了方向

晨光穿透枝头的叶面
直射的光
印染成了夕阳
朝着叶落的方向
还有秋菊和美丽的格桑花

重峦叠嶂如波浪
大片大片的金黄
在秋天汹涌
前行的步伐中
有一片火海

拥挤的路上
尘土飞扬
一只蜗牛爬上山顶眺望
野山花
与它的目光对视
路，迷失了方向

靠岸

冰凉的心
如秋天的寒露
挂着晶莹的泪珠

秋日的阳光清冷
捂不热
季节潮湿的心

一片落叶
满载寂寥
寻找靠岸的渡口

如果，再有秋天

秋天来了
我却心中茫然
我的枝丫上
没有果实
低下头
在沉积的落叶里翻找

我望着落尘的叶子
捡起一片
寄给天空游走的白云
别等待
我已经远去

如果，再有秋天
我会携一壶夕阳
在清风红叶中
灌醉自己
不要别离
在你的叶缝间
独揽一片蓝天

残荷

池塘俊丽清澈
一道魅影
染上了污垢
花褪色
鱼儿穿梭在
残枝败叶间

污渍在叶面上
溅到了脸上
阿娜的腰身
变得僵硬
失去了昨日的妖艳

风拖着叶片
如孤舟一般
在秋水中彷徨

陌上秋深

叶落风也轻
推开心门
揽一缕清寂入怀
让心归隐于一方清幽

扫尽心尘
以淡泊之心笑看人世沉浮
云水之畔，禅意悠生

斑斓的韶华
只一眼匆匆
熠熠的心语
在纯白的纸笺上雀跃

时光之音
用心聆听
旅途中的风雨
在时光的长廊
终其深，了其悟

一份深情

望穿秋水的期盼

一舟落叶，平分秋色

一程一景

一心一念

秋之西吉

纵观宁夏
南北通达
六盘山天高云淡
长空如洗
松柏寥廓

西吉七彩梯田绘天地
西芹、土豆圆梦
户户奔小康
乡村振兴可喜

文学之乡
大地铺纸
锄头为笔作诗篇

非遗文化，世代传承
笔墨四宝
朝气蓬勃，尽洒阳光

玉扇建功绩
老骥伏枥，桑榆不晚

壮心不负
夕阳余晖无际

把秋天收进诗行

秋天从原野走来
在草尖上，在树梢上
在层层的梯田里
秋风讲述着这个季节的故事
秋雨沉浸在忘情中

抚摸秋天
重彩染田园
谷香飘云间
望天空
云白天蓝
观大地
金色起波浪
田园泛金黄

揉一揉疲惫的老腰
准备一把锋利的镰刀
把秋天收进诗行

寄语

我轻轻地行走在

山花烂漫的路上

富有诗意的季节

包裹着每一座山

沐浴着温暖的阳光

迎着一场梨花细雨

一枝柳条抽动出山中的歌谣

一枝瘦笔

蘸着柳絮如雪的洁净

和庄稼地里的思念

写一行字

寄给高空游走的白云

留下它们的脚印

从冰雪聪慧到安静怒放

李耀斌

在我的阅读视野当中，王敏茜当数西吉本土女性诗人的代表。当然，王敏茜也是我认识较早且多有交流的宁夏女诗人之一。在几年前，王敏茜就是以清纯、奇丽的诗句获得了我的关注。我曾经给她下过一个"冰雪聪慧"的诗歌定义，意思是，王敏茜以她冰清玉洁的诗歌色彩和灵动智慧的诗歌思想把自己和宁夏女诗人区分开，尤其把自己和"文学之乡"——西吉县的女诗人醒目地区分开来。她的诗清丽、干净、睿智，实属冰雪聪慧，在西吉女诗人中不可多得。

《今夜明月》是王敏茜 2016 年首发于我运营的文学公众平台"甘宁界"上的一首诗。单从这首诗来说，作者写明月也是别出心裁、另辟蹊径，一反传统"明月诗"的意趣，同样借明月写思念，但却一反常态，大胆采用通感手法，借"琴声""桃花""莲"比喻月光，在中国文学史上好像都少见，这种生僻的比喻读来没有一点别扭的感觉，相反，营造出新奇绝美的意境，令读者陶醉！

当然，王敏茜的很多诗都具有这种灵动、睿智、清丽、冰雪的特点。王敏茜的很多诗歌都能营造出新奇绝美的意境，表达着美好的祝愿，我想这与女诗人纯洁的心思、善良的心地不无关系。

2021年，由作家出版社出版的诗歌评论集《中国新媒体文学诗歌评鉴》收录了王敏茜的一组诗，也收入了我撰写的评论。阅读王敏茜近期的一些诗歌作品，我发现，她把自己更加打开了，突破了，延伸了。她是在一个个夜晚打开自己的，她的诗歌创作由前期的冰雪聪慧到近期的安静怒放。王敏茜的诗歌是生命在安静的夜晚怒放。

基于王敏茜的诗歌创作，我忽然觉得，诗歌是一种属于夜晚的、向内的文学活动。反过来，王敏茜的诗歌创作又是我的这一观点的例证之一。

王敏茜有大量的诗歌作品与夜晚有关。我猜测，也许只有在夜深人静的时刻，诗人王敏茜才能从白天的凡俗里脱出身来，回到一个诗人的世界，犹如陶渊明"悠然见南山"，只有在安静的夜晚，王敏茜也能悠然地看到自己生命中的花朵。希望王敏茜能够持续地在这样的夜晚怒放下去，照耀人间。

贴着黄土大地的深情歌唱

马金莲

老乡冯进珍先生要出作品集了，嘱我写一篇文章。
接到任务之后，我数次犹豫，总觉得自己资历太浅，只怕
有负冯老师的期待，但同时为西吉又一位作家的文学成果
即将出版面世而深感高兴。

冯进珍老师给我印象最深的是他黄土地一样朴实的
外表。他有个笔名挺有意思，叫"老黄牛"。回味冯老师
的文字，让我禁不住数次莞尔。果然，文如其人，字里
行间有老黄牛般的沉稳和扎实。

冯进珍老师的作品，分为三部分："田园牧歌""守
望四季""诗与远方"。

"田园牧歌"集中吟诵了作者熟悉的乡村世界，包

括人们的生活方式、伦理观念、内心世界，赞美和欣赏中有淡淡的忧伤。牛、驴、狗、乡村、农活、泥土、庄稼、老树、野草、夕阳、大地……这些乡村世界最为普通常见的物事，成为作者诗中频繁出现的意象。

在《黄土地》中，"春风一夜／黄土地宛若多情的少女／情窦初开／犁铧撬开了外膜／种子在羞涩中萌发／／炎炎夏日／丰满的腰身／沉重而不失清秀／胀鼓鼓的大肚子／怀揣丰富多彩的梦／／秋风吹醒了镰刀／镰刀的光芒／折射出临盆前的微笑／／产后的黄土地／如同病床上的黄脸婆／瘦骨嶙峋／／一场冬雪／就是一床蚕丝被／沉睡了的黄土地／开始做下一季的春梦"，抒发的是对这片土地的赤子情怀和炽烈真挚的爱。

土豆作为西吉的特产，养活了这片土地上贫穷的先辈，现在又成为农民发家致富的重要作物。只要是西吉人，不论身在何处，日常生活里最常吃的还是洋芋，不管是蒸煮煎炒烤凉拌，还是做洋芋面，都以绵厚醇美的滋味滋养着这片土地上的人们。而作者在诗中也多次抒发对土豆的喜爱和赞美，"是你的冰洁玉身／养活了／大山里的一代又一代人"（《土豆》）。

而村庄，是西吉作家最关注和喜欢书写的对象，因为村庄在某种意义上就是一个人的故乡，是从生到死所有记忆的承载体，是百写不厌的对象。在《村庄也是一首诗》中，作者这样写道："沉寂的村庄 / 就是一首未发表的诗 / 把寂寞的诗句静默在 / 一张白纸上 // 野鸡和麻雀 / 高就于村口的老榆树 / 用激情朗诵 // 门前的老狗 / 仰望天空 / 用沙哑的声音吟唱 // 老牛在槽下 / 咀嚼着自己的诗篇 / 牧羊人的身后 / 是一群铁杆粉丝。"

西海固大地上的村庄，就是一处处世外桃源般的净土，让人留恋、痴迷、沉溺。故乡、村庄、大地，在作家眼里就是纯洁的后花园，于是便有了《净土》中情不自禁的吟唱："圣洁，清纯 / 是我向往的净土 // 诗和远方在何方 / 我不知道 // 李白和杜甫 / 从古代走来 / 我知道 // 我抱着幻想窥视这片雅地 / 圣殿的大堂上 / 都是耀眼的光圈 / 刺得我睁不开眼睛 // 我闭着眼睛 / 低头沉思 / 却发现 / 这里是有色的热土。"

作为一个在西海固大地上成长起来的作家，冯老师十分熟悉农村生活，作品中有对农活艰辛的喟叹，也有对农民勤劳质朴的赞歌。冯老师尤其擅长对农事进行细致入微的描摹，读来饱含深情、令人心动，"风在空中提炼 / 木锨架起了一道彩虹 // 尘土和杂衣 / 随风沉浮 // 积淀成的小丘／是抛物线中的坐标"（《扬场》）；"一捆捆／一把把／摊圆的麦子／一圈圈／一层层／／老农为圆心／老牛为半径／碌碡为弧线／一步步／一遍遍／画着圆／／画着四季沧桑／圆着一年希望"（《碾场》）。这些文字直白、朴实，像美术作品里一笔一笔蘸着油彩的点染勾勒，呈现出一幅幅随着时代发展而快速消失的乡村劳作图。从某种意义上看，这是在为传统的乡村生活和乡土文明做诗意的挽留。

其中更有把对现实生活的咏唱和家乡"花儿"完美糅合、带着火辣辣野趣的诗歌，"火辣辣的日头／火辣辣的地／火辣辣的麦趟里／火辣辣的歌／／熟透了的麦穗低着头／阿妹妹手中的镰刀／唱山歌……对面的坡坡上走来了个人／唱着阿哥的肉肉／他是阿妹的心上人"（《麦趟里的情歌》）。此类诗歌为数不多，但像调味品一样丰富了这本书的基调。

在"守望四季"中，诗作按照春夏秋冬一年四季的变换排序，从高天厚土到小草虫子，将季节在家乡土地上变化的细节捕捉得那么细致入微、灵动有趣。作为一名诗人，脚下是生长于斯的土地，胸中是对火热生活的热爱，从故乡出发，在诗中找到属于自己的梦想与远方，对于诗人无疑是幸福的，对于被书写的故乡也是幸福的。"六月的田野 / 芬芳出乳汁的清香 // 一块块麦田 / 随风逐浪 / 一波赶着一波 / 跌宕起伏 // 豌豆花 / 纵情绽放 / 犹如蝴蝶 / 翩翩起舞 / 初露的豆角 / 宛若摇曳在枝蔓上的风铃 // 芸芥子也不甘落寞 / 一朵朵金黄的花蕊 / 引来蜂群的歌唱 / 苜蓿花漫遍山川 / 染成了天边的彩虹 / 六月的田野 / 就是一个羞涩的新娘。"（《六月的田野》）

而读《金秋里的糜子》一文，一定会唤醒无数游子的童年之梦，因为这些文字透着岁月的清香，把我们西海固农村孩子经历的生活再次展现在眼前。"金黄的糜子 / 在秋风中荡漾 // 成熟的糜子 / 像亲昵的情侣 / 交颈，挽手 / 亲亲热热 / 难分难舍 // 锋利的镰刀 / 在阳光下闪烁耀眼的光芒 / 农民坚硬的脊梁 / 与满身汗水 / 染黄了秋天的田野 // 每一滴汗水就是一颗 / 晶莹剔透的米粒 / 弓腰的背 / 负载着天地日月 // 满脸的褶皱 / 轮回四季沧桑 / 金色的糜穗里 / 深含农家人的梦。"由此让人不得不感叹，故乡有多美，一片土地有多厚重，都藏在诗人的诗行里，流淌在文人的笔下。

在"诗与远方"中，更多的是作者的直抒胸臆，塑造出一名西海固诗人的形象，这样的诗人在家乡土地上、山川阡陌间、河流草木前，自由地行走与诗意地栖居，或欣赏落日晚景，或醉卧明月影下，或慨叹时光匆匆，或品咂生活五味，或洒脱，或沉重，或忆古，或思今，哭是泪，笑也是泪，行是歌，坐也歌，流露的是大性情，抒发的是真情感。

《老黄牛》这首诗我读了一遍又一遍，爱不释手，文笔朴拙、直白，但不缺乏美感，读来朗朗上口、让人回味，塑造的老黄牛形象，我几乎能断定冯老师是在写自己，这也是所有脚踏实地、勤勤恳恳写作的西吉作家的写照。

纵观全部作品，在诗歌的先锋性上虽然没有做明显的尝试和探索，但不影响品质，本书值得反复诵读。

我的家乡西吉是一片厚重的土地，是生长文学的地方，每一个辛勤耕作的文人都在收获属于自己的成果，冯进珍老师也在文学的道路上收获着自己的春华秋实。这部作品是一个结集、一次总结，也代表着新的出发，祝愿冯老师以后的文学道路越走越好，并祝愿西吉文学越来越好。

后 记

王敏茜

我是个喜欢独处的人，不是宅在家里，就是一个人去户外，找一处比较安静的地方，一待就是一下午。看云卷云舒，听流水潺潺，也与花朵轻声交谈。也会在夜深人静的时候，望着深邃的天空出神，那闪烁的星辰，那弯弯的月儿，给予我真诚的陪伴与无限的遐想。

这样的意境让我沉醉其中乐此不疲。轻轻的风抚摸过我的发梢，荡漾起我心间的片片柔情。此时的我会敞开心扉，任自然界的一切解读我。

提及我与诗的渊源，一是我从小喜欢读书，而且喜欢边读书边做笔记，记录书中静美的词句。虽然那时条件不好，书不多，读的书大多是借来的，有些书我反复读过好几遍。这也为我以后创作累积了丰富的文化底蕴。二是我生长的环境与自己的性格。我从小性格孤僻，加上兄弟姐妹比较多，父母无暇顾及每个孩子，而我总想得到父母更多的爱，便多愁善感，总是把自己埋藏于书中，所有的情感都藏于心中，写诗成为我无声的呐喊。我把自己所有的爱、恨、情、愁倾注于笔端，倾诉于纸上，用诗歌的方式宣泄。这种释放渐渐成为一种自然、一种习惯、一种挚爱。

2005 年开始发表诗歌，《听雨》《三月》《风叶红了》《一滴水》等，我积压已久的情感在诗歌中得到释放，一首首诗歌就这样被创作出来。写诗已经成为我生活里不可或缺的一部分。

释放心中的压抑，人就会变得豁达，变得释然，心情也愉悦了，以前看不惯的事也顺眼了，以前无法理解的事也明白了，最主要的是能与自己和解。一个能与自己和解的人，对其他事物宽容了，对外界要求少了，也就活得轻松了。

当我回过头再读那些作品，一种自信、一种释然、一种感动油然而生。于是我整理了自己这几年写得比较满意的诗歌，与冯进珍老师合著《花开花落》诗集，也算是对我们共同的追求和爱好做一个完美的总结。对于一个写作者来说，没有比这更让人振奋和欣慰的事情了！

今后，我将满怀激情与热爱继续创作更多更美的作品，以真诚的人生态度，以真实的人生经历，以真切的生活体会，与更多的朋友分享我的感悟。

在这里，特别感谢西吉县委、县政府的大力支持，感谢县文联全体同仁给予基层创作者的鼓励与厚爱。感谢多年来一直鼓励、关注我的每一位老师和朋友，这份美好情怀将永远激励我走向更远方。